KB120849

우리는 낄낄거리다가

시작시인선 0241 우리는 낄낄거리다가

1판 1쇄 펴낸날 2017년 10월 13일
지은이 이돈형
펴낸이 이재무
책임편집 박은정
디자인 이영은
펴낸곳 (주)천년의시작
등록번호 제301-2012-033호
등록일자 2006년 1월 10일
주소 (04618) 서울시 중구 동호로27길 30, 413호(묵정동, 대학문화원)
전화 02-723-8668
팩스 02-723-8630
홈페이지 www.poempoem.com
이메일 poemsijak@hanmail.net

ⓒ이돈형, 2017, printed in Seoul, Korea

ISBN 978-89-6021-337-1 04810
      978-89-6021-069-1 04810(세트)

값 9,000원

우리는 낄낄거리다가

이돈형

천년의 시작

시인의 말

아무 소리도 들리지 않는다 내가 나를 엿듣는 순간부터

차 례

시인의 말

제1부

제4부

해설

제1부

태그

얼굴이 닿으면 상황이 될 때까지
눈을 마주칠 수 없는 우리는 매번입니까

붙어먹으려야 붙어먹을 수 없는
환호입니까 야유입니까

애매한 몸은 순간순간 '짓'이 되어도 상관없습니까

환호와 야유를 먼저 선언하고
천천히 웃거나 비웃어도 되겠습니까

등은 활보의 증거로 채택될 수 있으니
조금 돌려주시길

영역은 오직 당신이었으니
흘러내린 나도 약간의 호흡이 필요합니까

손이 사라진다면
아웃입니까, 세이프입니까

간판

너는 복권방 평상에 앉아 다리를 떨고 있다
복이 새나간다는 말을 몇 번 들려주었지만

올해는 태풍의 발생 빈도가 적고 북상하는 태풍이 없어
8·15 광복절 특사를 위해 꽂아놓은 길거리의 태극기만
간판 앞에서 휘몰아친다

복권방처럼 복을 파는 데가 있다면 간판의 이름은 뭘까
복방,
복 파는 곳,
대한민국에서 제일 싸게 파는 복 집?
우리는 낄낄거리다가

그래도 그렇지 개나 소나 사면은

너는 국기처럼 다리를 흔들며
달아날 복이라도 갖고 태어났으면 나를 만났겠냐고
평상에 앉아 녹아내리는 아이스크림을 핥으며 즉석복권
을 긁는다

통과

그래도 월요일이 빨간 날이잖아
너에게만 온 복처럼 말하는 동안에도

태극기 휘날리는 날에 빽 간판은 철문을 열고 굴러 나
온다

레드라인

뭉개진 이불을 털자 발이 빠져나간 침대가 돌아눕는다
북향, 그 외곽의 초록은 잠들 수 없는 사람의 여름을 기
다려줄까

엄지와 검지 사이를 누르면 자백이 흐르고
방이 무신론자임을 안 호흡들이 붉은 낯빛으로 우리를
의심한다

미래를 내밀었지만
잡아본 것과 잡아보지 못한 것의 차이가 무의미할 정도
로 냉랭하다

미끄러진 방에서
우리는 타악기처럼 두들겨진다
겸손에는 인칭과 인칭이 섞여 누구도 방의 귀머거리에
관여하지 않고

당신은 지나간 말에 귀를 내밀며 천장을 응시하고
우리가 밀고 온 문으로 당신이 의뢰한 봄은 들어오지 않
았다

가운데로 모여봐

다들 비릿해질 때까지

서로의 얼굴이 깨져 거듭날 때까지 당신의 뜻을 거역하
기로 하자

모두가 붉어지고

끝으로는 일제히 흩날렸다

유일한 봄이 방문을 넘어설 때까지 방은 암살자를 자처
하였고

기술 없이

너의 세계는 기술이었으니 그 세계는 당분간 우리의 세계에서 소용돌이치다 스스로 마감할 것이다

내가 너를 믿으려 했고 네가 나를 키우려 했으니 네가 우리를 불러 모은 것이고 당분간, 멀다고 느껴진 세계의 광장으로 가는 길에 침묵으로 밟힌 기분을 색깔 없는 귀를 열고 밟을 것이다

하여, 가고 싶어져
하여, 하고 싶어져
식은 밥 덩이를 쥐었던 손이 떨어지고 손이 손을 잡고 빈손이 된다 해도 우리는 기술 없이 한곳으로 전진하여

동시에 끓고 있어요
와르르 끓고 있어요

눈웃음처럼 시인해도
혓바닥처럼 시인해도
심사는 내 심사와 상관없이 네 심사의 모호한 세계를 브리핑하는

사이,

사이,

너는 어떤 주술을 물고 어떤 주술을 묻어두었나

죽어야 산다는 말에는 주무를 게 없어

여하, 말이 아닌 뜻

여하, 쥔 것이 아닌 뜻하지 않을 빈손

광장을 돌면 기술 없이 결집하는 우리의 입김이 깃발처럼 뒤섞이고

세상은 연대하는 저녁으로 어두워져도 세계는 부드러운 돌처럼 호흡하고 있는

밥

물 말아 먹는 밥의 세계는 얼마나 싱거운가

누가 불러도 소심함을 드러내거나 목소리를 감춰야 하는

곁에서 곁으로 옮겨가며 분노를 떨어뜨리고 눈치를 살펴야 하는

눈치 하나로 누군가의 밥그릇에서 수상한 나를 끼니때마다 죽여왔는데

밥의 불문율은 빈 그릇이다

밥을 계획하고 밥에 목을 매던 내 아버지처럼 길고 긴 아버지가 되어가는 사람들

한 끼 때울 때마다 오늘의 할 일을 다 했다는 의무감으로 김 서리는 사람들

이쑤시개로 쑤시며 밥에 대한 공포를 한 번 더 뱉어낼 때

밥의 세계에 복수했다고 믿는 소심한 사람들

식당 구석에서 TV를 쳐다보며 도시의 배부른 비둘기가
되어가는 사람들

정작 밥그릇 없는 비둘기들은 네온사인이 켜지면 물똥을
싸고 사라지는데

회색 비둘기와 사람들은 마주 날아오를 일이 없는데

평화식당으로 구구구 모여들어

입 꾹 다물고 밥을 먹는 동안

청년이 텅텅 빌 정도로, 다 어디 갔냐고, 다 중동 갔다고[*]

누군가도 TV에서 물 말아 본연의 밥을 먹고 있다

* 박근혜의 무역투자진흥회의 발언 중.

무인텔

당신은 붉은 와인을 붉은 잔에 따르고 있다
부둥켜안고 바라보는 이곳의 사랑은 오로지 버튼식

당신이 붉은 사과를 깎는 동안
흰 속옷은 까실까실한, 중독된 은유를 드러낸다
마지막 한 장은 벗을 때보다 벗겨질 때
뒤를 보이지 않아 순수해질 수도 있지만

와인을 마시며 사과의 붉은 곳만 벗겨내는
당신의 입술은
황홀한 입맛으로 더욱 붉어지고
붉은 입술을 벌릴 때마다 꼭지 위로 종교가 생긴다

어제는 파랑 속옷을 입고 '붉다'
오늘은 노랑 속옷을 입고 '붉다'
내일은 붉은 속옷을 입고 '벗는다'
아마도 당신의 종교는 영원히 검정에 다다르지 않을 것
이다

사랑, 혹은 불륜이라도 좋다

관계에 관하여
입으로 벌리는 것들은 모두가 흔들린다

애정과 결핍 사이 병치된 당신이
무인텔을 나설 때마다 붉은 입술엔 새 종교로 가득하다

어떤 입을 여닫을 때마다
무인텔의 직설적인 셔터도 궁금증으로 붉어지는 것을 바
라보며

트림

거리를 열어젖혔는데 방금이 사라졌다

폭염에 중독되어 서정을 없애는 것으로
콜라에 중독되어 햄버거를 씹는 것으로

지척에 나는 있었는데

목욕 바구니를 들고 갔던 여인이
바구니 가득 씻을 수 없는 걱정만 채워 나오는 것을 봤
는데

지척에 나는 있었는데

잡범처럼
없어진 것은 애초에 없었던 거라고
긍정으로 노련해야 한다는 사실만 훔친다

나는 알갱이로 흩어진 일들을 바구니에 담아
슬픔에 젖은 배우처럼 폭염 속으로 걸어간다

와이셔츠를 풀고 단추 구멍으로 들어가야 하는 신scene
에서
깔리는 배경 음악처럼
씹고 있던 햄버거처럼

거리를 열어젖혔는데 방금이 보이지 않는다

지척으로 나는 걸어왔는데

스윙워커머신*

평발은 무엇을 말해도 쉽게 떨어져 나갔다
자동은 첫, 이라는 구원에서 멀어지고 이 길은 여정이 아
니라 여백이다

확신은 늘 냄새에 가까워
나무 그림자로 들어서는 발길을 바라보지 않았다
걷는 내내 안쪽으로 늘어나는 주름보다 먼저 친절해지
는 공중처럼

붉은 넥타이를 매면 발의 목적은 뜨거워질까
발목은 언제나 기둥에서 기둥으로 옮겨 다니는 육중한
날개 같았다

흘러내리는 알리바이에 타인의 걸음은 입을 열지 않고
구경꾼이 생길 때마다 내 알리바이의 주인은 뒤바뀌고

환승역에선 레일을 내일로 발음하였다
레일이 회전하는 방향에서 휘파람이 들렸지만
엇박자들은 발바닥에서 청룡열차를 타고 다녔다

평발이 뭐 어때서
아무리 걸어도 하부의 근력은 잉여로 남아
내일이라는 곳으로 미끄러지는 법을 배우는 말 없는 발로
스윙 스윙 스윙

발을 헛디딜 때마다
눈앞의 검정 나비에게 숨을 몰아쉬는 날개에 대해 물어
보았다

발목에선 청룡열차의 정거장이 하나둘 생겨나고

* 스윙워커머신: 양발로 공중을 걷는 운동 기구.

할증의 시간

그가 죽어 있다
그녀가 죽은 그를 흔들어댄다
죽어서 떠밀려 나가도 기어이 들어오는 커튼의 뒤였다

그는 죽고 나서 남아 있는 숨을 쉰다
탁자 위의 컵과 양파는 서로의 거짓말을 이해하고
그녀는 차들의 질주를 바라보며 양떼구름을 마신다

음모의 발생에서 벨이 울릴 때까지
멘토와 멘티의 역할은 수시로 바뀌었다

다시 죽을래?
음모와 음모가 맞닿는다
질주는 한 번의 경적으로 아홉수에 걸려들고

커피보다 우윳빛 시간이 늘어났으면
우윳빛에서 음모는 사라져주었으면
목마르기 전에 우리가 죽어주었으면

택시를 타면 언제나 같은 질문이었다

어디로 갈까요?

모두가 죽어 있거나 죽을 수 있는 곳으로 가주세요

음모가 사라지면

다른 음모가 무성해질 때까지

그녀는 핸드백 속에 죽어 있는 그를 집어넣는다

할증요금이 붙기 시작한다

뒷고기*를 먹어봐

뒷고기를 먹으러 간 식당에서 줄을 서서 기다린다
꺼져가는 연탄불은 맵게 자란 사람들의 빽 없는 전쟁을
인화하고 있다

뒷고기는 아웃사이더
이름도 없이 빼돌려진 고기라는데
어떤 도발적인 사랑이 이 물컹이는 살점들과 내통하고
있었나?

석쇠에 비계 붙은 선홍빛 몇 점 올리니
테이블에 앉아 있는 구린 뱃가죽들이 지글지글 타들어
간다

맛치고는 기가 막히다

환장 없이는 한 발자국도 뗄 수 없는 사람들이
뒷골목으로 들어와
테이블마다 무림의 고수로 끓어오르다 사라져갈 때
아직은 착한 소주 한잔 털어 넣는다

지금껏 내가 빼돌린 가늘고 질겼던 똥고집들이
나를 빼돌린 세상의 뒷구멍에 기름칠을 하고 있다

늦은 밤
돌고 돌아가는 승전보를 남겨두고
기름기 쫙 빠진 내일만 데리고 나오는데
이빨 사이에 다 씹히지 않은 총성 소리 끼어 있다

가는 길에
열에 아홉은 총성 소리를 씹을수록 자신에 대한 모반을
꾀할 것이다

* 뒷고기: 돼지를 잡아서 부위별로 손질하고 남은 필요 없는 부위.

마그마

너는 주름이 많은 체온에 대해서 말한다
어디까지나 가정이라는 말을 덧붙여가며

부활보다 말투가 먼저 섞여든다
나는 검은 감정에 잠겼다 구조된 사람처럼
사람과 동선은 가장자리에서 멀수록 중독성이 강하다고
말한다

너의 말에 몇 번을 되묻고서야 체온은 형체를 갖는다

뜨거워
다 지울 수 있을 것 같아
다 지워질 수 있을 것 같아

그러다가도 네가 주름에 미끄러지면
내 몸을 빌려 우리에게 남아 있는 유전하는 겨울을 분출
한다

뭉클,
이처럼 섞이는걸

우리가 낳을 수 없는 거인은 언제나 출렁거리지만

항복할 수 있는 아름다운 실종을 말해봐
덴 손으로 열이 내릴 때까지 바깥은 누구도 데려갈 수 없
는 설상 그 너머

너에게도 타인의 소멸이 있었다고 동의하면
폭발음에는 말투가 섞여들지 않았을 것이다

네,

  깁스한 오른팔을 안고 여자가 온다
  그녀의 왼팔은 자유자재로 돌아다녀 내게로 돌진할 건망
증은 없어 보였다

  우연의 일이라는 자백으로 깁스한 오른팔이 가려워지
겠지
  한순간 수족을 달았던 나의 위험은 핸들의 가벼움에 침
을 뱉을 수 없겠지

  가볍게 밀렸는데 어지럼증과 두통을 말한다면
  나는 뼁이나 뜯어내려는 나이롱 환자가 되겠지

  달릴 땐 세상을 보고 달릴걸
  속도를 낼 땐 뒤따라오는 그녀의 기분을 이해하고 낼걸

  나의 사소함에 핑계 있는 무덤을 들인다
  우연은 미간이 좁아 예배당 종소리처럼 울리지 않고 엎
어놓은 세숫대야 같아

  본다, 위장술이라도 부려 우연히 우연을 피하고 싶었던

안중을

　나는 부정한 교통사고 피해자
　그녀를 살피지 못하고 피해 가지 못한 가해자

　그녀는 깁스한 오른팔을 안고 흰 스프레이를 뿌리며 묻
는다
　괜찮으세요?

계산의 방식

나는 일어서려는 힘으로 완고하다

완고해서 내게 내리는 눈은 조각으로 나뉘어 내린다

블랙박스는 운 좋게 날마다 제로로 향하는 나를 끌어들였지만

오늘의 할 일은 모두 눈 밖에 났다

눈 내린 광장이 생의 안내문을 읽어주는 동안

나는 미로에 대한 징크스로 한동안 따뜻한 지붕을 끌어내린다

꺼져 있는 출구의 나라

믿지 않아서 믿음이 가능해지려는 계산들

들여다보면 전망은 모두 빠져나간 광장 안에서 살아 움직인다

그리고 같아지는 호흡들

　　기억을 더듬으면 순조롭고 완만해진 나의 셈법은 언제
나 붉거나 검었다

재갈매기

비행의 순간 날개에서 쏟아지던 수화들
요령 없는 인사와 안부 속엔 내 이름 석 자도 있었다
우린 혹독한 겨울을 자벌레처럼 밀어내고 나서야
이 계절을 독립된 계절로, 저 혼자의 저녁으로 끌어와
불시착한 실족의 언어들을
군데군데 녹슨 나사처럼 박혀 있는 불안들을
게걸스럽게 먹어치우기 시작한다
나는 흐르고 너는 정지하여 당도하지 않은 미래에 허리
를 굽힌다

우리의 바탕은 회색
그 누가 회색분자라 손가락질하여도 검정보다는 낫지 않
은가
깨어나지 않는 어둠보다 낫지 않은가
불분명함 뒤엔 뾰족한 상상이 한 방향만을 고집하고 있어
뼛속까지 회색인들 어떠랴
그래서 유일한 저녁
고집의 맛이 아직은 떫은 생의 오후가 힘겹게 목을 젖히
는 이 순간에도
진화의 발톱은 여전히 조금씩 깎여나가고 있지 않은가

간발이란

밀거나 당길 수 없는 것

여기서 잠시 인사를 나누자

우리의 인사법은 서로의 목젖을 보며 길을 복기하는 것

그리고 오직 두 날개의 판단을 긍정하자

뒤돌아보면 공중도 하나의 원이요 지상도 하나의 원이
지 않는가

철새란 본시 인연의 입덧이 심할수록 회색분자가 되는 것

이제 오리무중인 손을 흔들어도 좋다

제2부

회를 뜨다

　광어를 도마 위에 올려놓고 목을 따 피를 뺀다 왈칵 쏟아 내는 리듬 한 번의 기도를 적시는 중이다 절규나 절망보다 조용히 뱉어내는 숨이 더 뜨겁다 회칼이 잘 갈려 있기를 너나 나나 바라고 있는 것이다

　무언가 배어든다면 한 치와 두 치 사이에서 쉼 없는 궁금 증으로 흔들리기에 나는 정교한 손놀림으로 회를 떠야 했다

　결의 반대쪽으로 칼을 들이댄다 왼쪽으로 쏠려 하선한 생을 결대로 썰면 짓물러진 물에 대한 숭배가 솟구칠 것 같아 욕망의 반대쪽을 택하였다 죽음보다 무거운 것이 날것에 대한 미련이었기에

　슬픔은 부드러웠고 자객의 칼에 베인 천성은 생각보다 기도를 쉽게 내주었다 얇게 썰린 살점에서 네가 버틴 통점이 내게로 온다 염장 질러야 발라지는 것이 삶이라지만 싱싱해서 만만할 수 없었고 사색의 빛이 묻어 있어 미안했다

　마지막 살점에 칼을 들이대자 뼈대를 갖춘 네 눈이 시간을 물어본다
　너나 나나 시간이 필요 없기는 마찬가지인데

패牌

패에서는 뼈를 오랫동안 우려낸 맛이 난다

패와 패 사이
나를 미끼로 허공에 띄워 뜬구름을 잡아챌 때
훅, 훅, 훅킹의 감촉
패를 든 손에서
다리를 흔드는 버릇이 생기고
뼛속 깊이 스며들었던 고집스러운 피 맛이 날 때

손 안에는
신神이 포기한 외통수가 있고
내가 포기한 당신들이 있고
당신들이 포기한 뒤집힐 판이 있어
패를 까기 전까지는 함부로 비웃지 마라

통뼈가 아닌 나는
자주 패를 쥐고도 웃음이 나는
늘 엿이었으며 좆이었으며 가끔은 쥐꼬리였음을
뒤집힌 패에서 다시 피 맛을 보지만

나는 한순간도 패를 배신한 적 없고
패는 한순간도 나를 놓아준 적 없는
패는
멀쩡해서
너무나 멀쩡해서
오늘도 패 하나를 까뒤집어 본다

혹시나 엿이거나 좆이거나 쥐꼬리였을 당신을 위하여

죄를 짓다

소매를 잡아당기면
마징가제트의 큰 입속으로 들어갈 수 있을까
여기는 중저음의 노래야
자전하고 있는 수인번호가 모여드는 공터야

고백을 할 때마다 죄는 쉬워졌다
우리 모두는 죄를 빼고 어디까지 가볼 수 있을까
보일 듯 사라지는 입 모양을 따라 변신한다는 것은 케케
묵은 마술 같았다

손을 씻어야지

누군가 뱉어놓은 침에서 무작정 환청이 들려왔지만
죄는 죄를 나무라지 않았다

이어폰을 끼고 누구의 잘못도 아니라고 사함을 내밀면
비눗방울이 될 수 있을까
사람의 울타리를 넘어갈 수 있을까
마징가제트의 큰 입속으로 들어가면 사라지는 사방들과
사라지는 죄의 잔해들

손을 씻어야겠지

죄를 보여주면 여죄는 투명해질까
망루 위에서 손을 흔들어도 버릇처럼 연기들은 피어올
랐다
아무것도 불러낼 수 없는 24시 편의점 앞에서 죄짓는 일
에는 겨를이 없어

손을 씻는다고 해도
먼저 죄를 선언해도
약속된 또 하나의 마징가제트는 만들어진다

승천

사우나 흡연실
어깨에 용 문신을 한 사내와 맞담배를 피운다

용은 냉탕을 휘젓고 다녔는지 시퍼렇게 쪼그라들어 승천
은 물 건너간 듯 보이고 사내는 어젯밤에도 술안주로 용 꼬
리를 삶아 먹었는지 푸우 푸우 연신 담배 연기를 내뿜어가
며 감히 어딜! 하듯 바짝 언 나의 아랫도리를 시뻘건 눈으
로 깔아뭉갠다

나도 한때는
저 근육을 물어뜯던 용의 주둥이처럼
용의주도하게 인생을 설계한 적 있었다

사내의 어깨에서 잃어버린 꼬리를 찾자고 동네 짱 노릇이
나 하고 있는 용의 머리
천지를 들이받아 회오리바람 한번 일으키는 것쯤이야 식
은 죽 먹겠지만 지금은 젊은 어깨에 떠밀려 얌전하게 먼
곳을 응시하다 나와 눈을 마주치고는 겸연쩍게 웃는다

그렇게 사내는 아직 세상으로부터 건달이고 나는 인생으

로부터 달건이기에

　뿔난 용의 머리 위로 두 줄의 담배 연기만 승천하는 중
이다

잠옷

화첩이 있는 곳까지 걸어가야 해
백색은 유속이 빨라 나는 발목에 안대를 해주었다

그림을 잘 그릴 줄 아니, 그럼 우리 연애할까
그림 속 어디에 우리의 연애를 걸어두면 연애가 잘 될까

애인은 어둠에 묻힌 어둠의 유물을 가져오고
우리는 비문에 가까울수록 임의의 색채가 되었다

오늘의 수수께끼는 블루
연애의 기술처럼 검게 탄 빛과의 조우는 내가 오답인 까
닭이겠지

불란서의 밤은 지루해
개인 사정으로 잠시 문을 닫아야겠어

그럼 백색의 본보기가 될 수 있을까
우리의 화첩을 빌려 간 잠의 도박꾼처럼

무늬마다 노란 골목들이 번번이 헤어지고

어둠이 절박이라면 그곳의 나는 장식처럼 서서 식어야
하는데

　　암흑 속에서 헐렁해지는 애벌레와
　　밑그림 없이 그림을 그려나가는 한 사내의 노련한 눈동
자와 헤어져야겠어

　　유속은 백색이 샐수록 빨라지고
　　화첩의 겉장을 덮어도 내게서 블루는 가시지 않아

수염

수염으로 덮여 있던 잠을 깨운다

산짐승을 움켜쥐고 그 온기 속으로 들어가기 위해 상처
를 내고 잠입한다

우리는 늘 우연히 만났다, 민낯을 하고 앞발을 들어 악
수하듯

짐승의 가죽이 사람의 가죽보다 질긴 것은

덫을 놓고 기다린 시간에서 조금 더 헛디딘 욕망을 용서
하기 위해서다

짐승보다 못하다는 말을 비웃듯 가장 굶주린 잠보다 순한
성질을 갖기 위해서다

유난히 하얀 피부에 검은 털이 수북한 여자를 보았다

한쪽 귀를 내보이며 오랜 순종에서 벗어나 진화하는 중
이라고 하였다

처다볼수록 우리는 서로 불후했던 가죽을 찢으며 잠을 깨웠고

도시에서 짐승의 울음소리를 내기 시작한 첫 여자가 되었다

다 식은 안면을 들이며 몰아쉬던 숨에서 벗어나고 있는 것이다

온몸에 돋는 솜털의 저녁으로 앳된 소년들이 몰려오고

하나같이 맹수의 심장으로 숨을 쉬는 동안

수염은 사람과 사람 사이, 그 질긴 중독에서 벗어나며 부서진 뿔처럼 출혈을 시작한다

사람들이 짐승처럼 사라진다

껍질의 기분

그는 슬퍼했고
누군가는 슬퍼하지 않아서 비로소 악몽이 된다

누군가가 그를 죽이는 장면에서
나는 잠 못 이루는 여우처럼 지금까지 기록된 살인의 기
법을 추억한다

누군가의 살인이 순간의 행위라고 말하면
눈이 슬퍼진다 거짓말이 진짜 거짓말을 할 때처럼

그런 눈으로 보지 마세요
죽음 가까이에선 누구든 눈을 감아도 목격자가 됩니다

그에게 지금부터 해야 할 거짓말 속에서 증인은 살아남
을까

떠도는 꿈마다 유순한 죽음이 펼쳐지고
창처럼 쇠말뚝을 들이받는 그의 눈은 돌아오지 않을 것
이다

나는

눈을 잃은 후유증으로

후일을 가까이에 둔 신도처럼 조금 전 일어난 일에 말뚝
을 박는다

덩어리처럼 뭉치는 냄새들

몽타주를 그려야 하는데 우리는 모두가 도망자였다

체류

낡은 트럭의 힘으로 어떤 로비스트의 일요일을 만드는

트럭 위 빈 상자들이 날아간 새 떼의 그림자를 받아 내는

과일과 과일이 물려진 손을 묶어 긴 귀착점을 찾는

한 번 더 연애를 할 때처럼 오후의 신맛을 다셔보는

방금 애완견과 유모차가 펜스처럼 끌고 간 폐허를 다시
불러내는

그의 등 뒤에서 마지막 바퀴가 고백을 하고 오늘을 베어
내는 칼이 되는

모여든 구석을 죄다 모아놓고 주름을 잡아보는

모자를 벗어 그늘을 만들 때 거처에서 바닥을 들어내는

후진하려는 바퀴에서 50년 전 일요일이 뛰어내리는

그가 가져왔던 초록에는 아직도 두 개의 어깨가 섞여 있는

저녁은 그가 *끄덕거려야* 오는

우연히 4월 속에 있는

그리고 나무랄 말이 사라지는

딱지

8차선 도로에서 우회전을 하는데 앳된 순경이 수신호로
나를 세운다

안전벨트 착용으로
구부정한 시절을 안전하게 가고 있는데
차선 위반도 아닌 과속도 아닌
우측 깜빡이를 켜지 않아 딱지를 떼야 한단다 거수경례
도 없이

깜빡, 깜빡

내가 좌파인 것을 어떻게 알았을까?
좌파가 신호도 없이 우측으로 돌아선 게 문제였다

우파였다면 무사통과였을걸
놀랄 만도 했겠다 싶어 운전면허증을 건네준다

속전속결
세수증진의 시대
그 자리에서 범칙금 통지서를 발급받아 위반 내용을 살

펴보니

'제차 신호 조작 불이행'

뭐여?

삼만 원이 안녕한 길에서 날아가 버리는
안전벨트를 풀어헤치고 질주하고 싶어지는 좌파의 깜빡
이 없는 우회전

악수

이름이?

창백한 물을 뒤집어쓴 듯 너의 되물음이 나를 찌른다
겹겹이 벗겨지고 실타래처럼 풀려나가는 나는 무법천지
가 되려 한다

너를 겸비한 손가락은 희어서
블라디보스토크의 눈부신 항구가 떠올랐다
항구에서 쌔근대며 옆을 바라보지 않겠다는 눈사람이 떠
올랐다

몽상과 잉여의 범주 안에서 우리는
녹아내리는 흰 손과 무법천지의 손을 나눠 갖는다

손은 번복이 두려워 전속력으로 달린다
반복에서 물러서지 않겠다는 듯 너의 과거까지 달려든다

수手와 수瘦가
악수握手와 악수惡手가 악수를 나눈다

스스로 창조한 손이 되기까지

때로는 밀렵의 미래에서 나를 무너뜨리는 쇄빙선이 되기도 하겠지만

너는 희어서

지금의 나에게 좌우명이란

룰렛 게임으로 말문이 트일 때까지 마트료시카처럼 눈사람을 지키는 것이다

당신이라는 과일

어깨를 두드리는 옅은 포옹 속으로 안간힘이 생겨난다
떨어질까 봐
가볍게 멀어지려는 오해와 한 발의 등에 찍히는 불온한
서성거림

우리의 움직임이 사라지고 천천히 상해가는 그늘이 늘
어난다

당신은 내가 따라 할 수 없는 랩을 하고
래퍼의 고백은 나에 대한 고백이 아니라는 거

싱싱한 고백도 있었네
나는 한동안의 격려답게 래퍼에 대해 물었지만

어깨를 오므리는 것으로 래퍼는 당신만의 래퍼
내가 여자였으면 비겁하게 어깨를 손톱으로 긁었을지도
모르는 일

나는 괜찮은데라는 말에 한 발 더 물러서고
나의 귀를 잡고 착해져야지라고 했을 때 붉혔던 것처럼

당신의 랩이 물렁해지고
열리지 않게 둥글어지고

매달렸던 당신과 매달린 당신을 분간하기 어려워
손톱을 깎으며 래퍼의 고백보다 당신의 랩을 지우려 했다

쪼개지고 시리고 차가운 맛이 돌았다

어깨를 짚으며
당신은 나의 껍질을 벗기기 위해 떨어지는 칼을 받아 들
었다

발인發靷

일렁이는 관에 손을 얹었다
아직 온기가 남아 있는 미완의 말들이 흘러나와 때늦은
상주가 되었다

누구나 한번은 깨어날 새벽처럼, 밤새 울고 웃었던 속을
다짐하는 해장처럼

이 새벽이 여럿의 얼굴과 충돌하며 부서질 때
어떤 기념일이었나, 웃음에 싸인 너는 희박한 무게를 늘
렸다

모르는 밤이 도대체 모르게 될 사람을 불러들였지만
사람들이 다녀갈 때마다 동행하였다면 악몽 없이 간밤은
아늑했을 것이다

인人인줄 알았는데
가슴걸이 인靷이라는 말을 누군가 귀띔해 줘 알았다

사사롭거나 까마득한 말이 남았다면 인靷이 알아서 할
것이다

64

그러니 이 침묵은 얼마나 여린가, 천천히 고삐를 풀어주
려는 성질을 갖고 있으니

비질하듯 피가 우루루 몰려다니는 새벽의 일이었다

나는 젖고 마른 지 오래

꽃이 허공을 움켜쥐었다는데
흔한 말이다
우리는 흔하였으니 보이지 않는 것이 좋겠지만

오늘은 떠나간 애인처럼 환장하게 비가 내리고
허공을 쥐었다는데
허공이 쥐었던 걸까
꽃들의 절정은 그늘이 있는 굴뚝 위에 있었다

빗길에 누워버린 꽃잎이 더 환장하겠지
모나도 저렇게 모나야 되겠다 싶었지만

누군가 가야 한다면 누군가는 보내주어야 한다고
우산이라도 씌워줄까 들었다
내 몸속 길들도
모조리
데려온 길이어서
든 것 없이 꽃들을 배웅하러 나갔다

낙하의 가려움을 긁느라

몸을 뒤척이는 꽃들을 보며
먼 길 잡는 빗방울을 나무랄 수가 없었다

다음 봄에는
허공을 좀 더 아래쪽에 매달아 주기로 하였다
나는 젖고 마른 지 오래였기에

제3부

평화식당

누구도 나를 노크하지 않았다

가상에서 가상을 낳다 한 청년을 낳는 동안 방문은 닫혀 있어

방으로 국경을 옮겨오면 자주 폭설이 내려 두 주먹으로 국경을 두드려보았다

아버지의 입 냄새 같은 것이 올라왔다 저것은 함정일 거야

뒤돌아 앉으면 루트는 하얗게 흩어지다 사력을 다해 펄럭였다

모호한 비행이 입에서 입으로 갈아탈수록 이 바닥은 부풀었지만

모니터 안에서 올리브나무는 무럭무럭 자라주었다

타인들의 세계는 방금 9시 뉴스를 시작하며 사라지고

어떻게 채워놓을까

　　한때는 그가 사라지면 되는 곳에서 지금은 뉴스처럼 그
를 불러내고 있다

　　그리고 한 청년이 국경을 넘었다

　　국경은 이곳과 저곳을 동시에 사라지게 하는 건너의 배후

　　가늘고 긴 손가락으로 낡은 군화의 거듭되는 끈을 풀어
보지만

　　천 개의 그가 한 청년으로만 데려가고

　　검은 깃발과 흰 글씨는 닫고 온 방에 대한 예의처럼 울
지 않았다

　　알라후 아크바르[*]

　　청년은 단지 신을 용서할 뿐, 방 밖은 어디에도 없었다

* 알라후 아크바르: 신은 위대하다.

알비노*

사람들이 밟고 간 그늘에 분홍색 물감을 풀었다 후렴으로 남아 있는 몇 개의 목소리를 건지는 동안 트랙이 사라지고 미온수로 씻어낸 보폭이 투명하게 죽어갔다

하나씩 기억해내는 방식에서 죽음을 뺀 모든 것을 지워나간다 손가락 끝으로 십자가를 그리면 누군가 악수를 청해 줄까

턱에 햇빛을 괴자 백색에서 탈출한 색들의 물기가 가려워, 긁다 보면 창살에 끼어 굳어버린 과거처럼 데려올 수 없는 흑백의 필름들

누군가의 절벽에서 어깨를 빌려오면 검은 눈물은 다시 탄생할 수 있을까
백색 흑인 소녀의 신체를 잘라 지니고 있으면 부와 명예를 얻을 수 있다지, 당신은?

얼음결 같은 감촉은 언제쯤 온기를 찾아와 인형이 될까 웃는 인형이 될까 숨죽인 곱슬머리에서, 힙합의 세계에서, 한곳으로 몰입하는 눈빛을 부정해야 다시 한번 검은 피를

수혈받는다

　유리 얼굴로 빛을 굴절시키면 어깨를 통과할 수 있을까
울음의 바깥처럼 뒤를 돌아볼 수 없어 입안으로만 주술을
외며 리듬을 타고 사라지는

＊ 알비노: 선천성 색소 결핍증. 멜라닌세포에서 멜라닌 합성이 결핍되
　는 선천성 유전 질환으로 피부와 눈, 털 등에서 백색 증상이 나타나
　는 희귀병.

목격자들

누가 깜깜한 절정을 넘보았을까
유일한 촉은 살아나겠지 결말의 기적으로 어둠이 뚫린 구
멍으로 안부를 묻겠지

벽이 장막이라니
화살은 인용할 말을 찾아 직선으로 날아오는 동안 명상
의 시간이었겠지
고양이는 은밀한 통정을 꿈꾸다가

울음을 넘어서 날아가야 할 화살에 꽂혀

담장은 틈으로 인류를 복원하려 죽음도 불사하겠지
화살이 닿을 수 없는 곳에서 고양이를 쏜 당신을 과녁처
럼 열어보고 싶었다

벼락같은 질문은 아니잖니
사라진 달의 신화 속에서 사람의 몽타주를 찾는 거라면
고양이는 당신이 저녁을 씻으며 남긴 마지막 달의 일렁
임이었을까

당신의 웃음은 달빛의 응고겠지, 한꺼번에 쏟아지는 난
감함이겠지
　당신의 무릎을 베고 말씀의 저울로 울음질량에 대해서
말해줬더라면
　불가능한 밤이 되었겠지

　지상의 늑골은 모두가 붉은 기분일 거야
　화살의 안쪽을 바라보고 있는 바깥의 목격자들처럼

풀밭에 나뒹구는 예정된 부활

열을 세고 뒤를 돌아봐
밤 고양이 울음이 얼마나 커졌는지 알아봐
마르고 닳는다는 말을 삼킬 땐 어떤 상상도 금물이었다

끝장내겠다고 덤벼들던 정부처럼
너무 많은 나를 가져간 당신처럼

우발적 애도와 예정된 부활이 하나가 되기까지
흔들리면 주변인으로 남는다고 귀를 모아 기도를 올렸다
정부가 저지른 흘레에서 웃자란 당신을 베어내도 될 때
까지

모서리에서 기척을 느낀 후
이목이 보일 때까지 마르고 닳아야 옳은 일인데

햇빛만 쥐고 굴러도 모든 주변은 현기증을 일으켜
한쪽 귀는 떨어지고 결정적 증거는 입에 담을 수 없게 되
었다

익명이 어젯밤 일처럼 뜨거워

익명의 기척을 산란하며 죽음을 찾아다니는 조각들
어제의 풀밭에서 깜깜한 혀를 내밀자 옅은 윤곽이 흘러
나왔다

지문의 부화를 서두르는 여행용 가방
떠나기 전에 정부든 당신이든 좀 빌렸으면
나는 견디거나
챙이 긴 흰 모자를 쓰고 마르고 닳도록 착한 귀신을 낳
으려 했다

리플리 증후군[*]

나는 살아 있는 루머
틈틈이라는 말에 자주 어금니가 박히고
죽은 알리바이 아래로 지나가는 한 떼의 모자이크

들이쉰 숨을 잃어버리는 틱을 장애라고 말하려는데
당신도 루머
흥분한 나머지 루머
누구에게나 딱 맞는 색깔 또는 오늘의 유머
걱정하지 말아요 당신의 환절기 속으로 익명의 사람들이
투신하였으니까

뒤집힌 모래시계에서
사라진 나는 아름다워요, 이런 말에도
둥글고 깊은 안쪽이 생겨 그 여백을 벗겨볼 수 있을까
당신이 아름다운 건 당신의 전부가 당신이 아니기 때문
이겠지

증명사진을 찍으러 가자
사진 밖에서 알몸의 나는 불장난을 하고
애인을 만나고 애인의 가슴골에 젖은 성냥을 긋는다 번

지는 루머처럼

　이것이 현실이라면
　당신은 내 애인의 손뼉
　가벼운 쪽으로 연인은 늘어나고
　볼수록 아름다워요, 라는 말에서 얼굴이 사라진 우리들
의 무대가 발견되고

　나는 살아가는 루머
　웃지 않으려 허공이 뜨거워지고 타인들은 다시 비워지고
　지금은 즙으로 남은 당신의 일부분이 가장 아름답게 보
일 때
　몇 방울의 극약처럼

* 리플리 증후군: 자신의 현실을 부정하는 동시에 스스로 만들어낸
　세계를 진실이라고 믿고 거짓된 말과 행동을 상습적으로 반복하는
　인격장애를 말한다.

묽은 똥을 싸면서 곪았다고 말하는

묽은 똥을 싸면서 곪았다라고 혼자 중얼거린다

무엇을 먹어도 하루가 지나면 다 지난 일이 되어 묽은 똥
으로 나와버렸다

대대로 물려받은 소화 기능이라
하루에 몇 번씩 화장실을 들락거리며 싸대도 괴롭지는
않았다

묽은 똥을 싸면서 뜬금없이 곪았다고 말해놓고는
무엇이 곪았다는 건지 휴지를 둘둘 말아 닦을 때까지도
생각나질 않았다

내 뱃속이야 하루 이틀의 일도 아니고
사람들 먹고 마시고 싸는 일도 어제오늘의 일이 아닌데

남편과 내연남의 시신이 붉은 고무통 속에서 포개진 채
발견되었다는 뉴스를 보았다

똥은 똥색만 있는 줄 알았는데 가끔은 칼라 똥도 싸는

가 보다

여기까지는 생각을 했는데 뭐가 곪은 거지?

특약

너는 숯불에 올린 꼼장어를 뒤집으며

사람들은 늘 엇비슷해서 나를 부분으로 공유할 수 있었다고 했다

침실의 카키색 커튼이 매듭을 푼다 우리를 찾아낼 사랑은 어느 곳에도 없고 카키색은 우리가 가야 할 목적지의 밑단처럼 음색이 짙었다 우리는 지속적으로 풀어야 했고 가지고 가야 할 짐을 풀듯 풀어헤쳤다 더럽혀진 것에서 더럽혀질 때까지 빛이 사라질 때까지 풀었다 짐의 소유에 대해 우리는 침묵하였다 침실은 시험에 들기 위해 가능성을 열어놓았다 침대의 흰 천 위로 파도가 몰리면 그 위를 소리가 덮쳤다 너는 홀가분해지기 위해 씻는다고 하였다 한동안 씻는 소리가 소리에 적응하려는 침실과 시계를 적셨다 소리는 유배된 인류가 만든 놀이라는 생각, 누구나 쉽게 뺄거나 끼워넣을 수 있는 도구처럼

숯불 위의 꼼장어가 격렬하게 몸을 비튼다

꼼장어를 가위로 싹둑싹둑 자르는 네게서 진화하는 한 인간의 모습이 보였다

너는 남겨질 실루엣은 물무늬처럼 어떤 흔적도 남기지 않는다며 커튼을 열어젖혔다 목적지에 다다르면 더욱 간결해지는 그다음, 그다음을 위해 배에서 떠내려온 목적들이 몸에 박힌다 바다는 두 번 출렁거렸다 우리가 여기에 닿을 때까지 싸우고 또 싸운 것은 덤비는 것으로 상대를 확인하기 위해서였다 기술 없이 가능했고 뒤집어 보이기도 하였다 자세를 바꿔가며 능숙해진다는 것 그리고 오늘 네 몸의 문신에 사인을 하였다 우리가 나눠 가진 두 개의 키와 여러 번의 몸에 이력을 써넣듯 사인을 하였다 너의 연인이 살갗에 긁히고 빵을 뜯어 먹으며 조금 더 올라와 주길 바랐지만 우리의 가설은 모든 소리를 흡수했고 나중은 사라졌다

꼼장어가 검게 타들어 갈수록 숯불은 자자했고
나는 취중 진담으로 우리가 사라질 시간이라고 모든 말을 헝클어놓았다

오줌발

동신수산 화장실
중년의 한 남자가 옆에서 지퍼를 내리고 있다
머리를 연신 끄덕이며
오장육부를 거품 물고 돌아다닌 그가 그를 싸버리고 있다
지금은 무엇을 물어봐도
긍정에 긍정을 더할 그에게
두 다리를 더 벌려 꼿꼿해지길 원한다면
필름 끊겨 술상 뒤엎을 이 밤이 부정 탈 것이다

그것은 우리의 자세가 아니라
여전히 비우고 있는 변기의 자세

오줌발은 가늘고 자주 끊겨
끙끙거리며 힘을 주는 그에게
변기 속 거품마저 살아온 거품으로 보였을까
시원스럽게 갈기고 다시 공손한 자세로 술상 앞에 앉고
싶을 테지만
좆도 못난 놈처럼
변기에 투항하듯 찔끔찔끔 흘리고 있다

이제 체념도 긍정의 일부라고 온몸을 떨며
끝까지 몇 방울의 오줌을 육중한 몸으로 털어낸다

덜 취한 내가
풀 죽은 우리를 살려보겠다고
거품이 이글거리도록 오줌발을 세우고 싶었는데
우리는 고개가 들리지 않는 끼리끼리였다

알, 수없는

알에서 나온 모든 발음의 모서리는 닳기 시작한다

알 까다
가끔은 큐대를 집어던진 적도 있지만
지금은 껌을 씹으며 뛰쳐나간 아이처럼 굴러가고 있다

머리를 굴려 굴린 것은 당신
어떤 웃음을 흘릴 때 우리의 낭만은 실패적이다

굴릴 때 굴려주어야 하는 것이 밥 먹고 하는 일이지만
뒤통수를 친 당신도
뒤통수를 맞은 알도 한 번 더 굴러가기 위해 휘청, 자신
을 접는다

맞은 뒤통수로 전면이 흐려지고
바퀴와 바퀴를 밀어 바퀴벌레처럼 모서리에 웅크리고
빈 쿠션에 역회전을 시도하지만
이곳을 나가기 전까지 모두는 굴리지 않아도 굴러야 한다

바퀴벌레는 한 번의 교미로 평생 알을 까도 눈알을 굴리

구른다
알, 수없는 눈치를 굴리며 구른다
목적은 당신의 것
목적지는 밥 한술 뜨고 난 신神의 것
나는 미스 큐일 때 다시 로또의 공처럼 구른다

굴리면 굴러가다
예기치 않게 당신의 입술에 닿으면
왔던 길을 되돌아가야 하는 불알 두 쪽 같은 알들이 구
른다

주문하시겠습니까

이곳의 메뉴는 테이블 위에 누워 있다
누워서 얼른 어른이 될 거야 어깨를 주무르거나 레퍼토리
비슷한 노래를 따라 부르다가
문이 열리면

얼른을 바꾸시겠습니까
어른을 바꾸시겠습니까

열 개의 손가락은 같은 징크스를 가지고 있어
한 개의 손가락으로 무언가를 가리키면 그 고유의 예감
은 물 건너가

베드타운에 지붕을 가진 몇 개의 건물을 지나며
손가락으로 지붕의 허기를 뭉개거나 UFO처럼 사라지게
하였다

테이블에 앉아서도 땀을 흘린다
나는 물수건으로 메뉴를 펼치는 목부터 닦았다

일행이 생길 때까지

혼자 하는 끝말잇기는 단호한 결말이 없어 좋았다 달변
가의 생활이 떠올랐다
한동안은 패자 독식의 룰로 바꾸기도 하였지만

나는 멀쩡하다가 뒤집어지다가 솟구치다가
어디로 갈까, 라고 자문하던 친애하는 질문이 남아 있어

메뉴를 고를 때까지 조금만 더 참아주시겠어요?

창밖의 즐비한 지붕을 바라보며
흘러나오는 음악을 끄고 당신들처럼 불어나는 지붕을 손
가락으로 가리키고 싶었다

웨이터가 물수건을 더 가져오고
아홉 개의 손가락보다 절제하려는 한 개의 손가락을 닦
았다

고인돌

흙의 시간은 맛을 내지 않는다
징검다리를 건너다 걸려 넘어진 굄돌의 이마에
한 마리 나비의 족적이 부적으로 붙어 있다
끝이란, 멀미처럼 흔들리면서 휘발하는 것
 당신을 떼밀고 온 사람들의 목주름을 펴서 얹은 덮개돌
위로
 핀 들꽃도 무심해
무심한 것들조차 무심해질 때
당신은 허공도 욕심이라 하겠다

사람은 죽어서야 가벼워지기 시작한다지
덮개돌이 들썩인다

 근황은 도착하기 이전의 안부
당신의 근황은 건망증을 앓지 않아
누군가의 관상에서 울음을 배우고 싶었을 것이고
울음도 가벼워질 수 있다고
덮개돌은 난감함을 수평으로 펼치고 있다

 덮개돌이 들썩이는 것은

나비의 족적처럼 마지막 감정 때문만은 아니었을 것이다

나 또는 나로부터

물어보고 싶은데 대답해줄 사람이 없다

믹스커피를 타면서 오늘 아침은 녹슨 놀이기구처럼 흐리다고 봤는데

비누 냄새가 났다 어디서 짧은 쾌락을 맛본 후 씻고 온 영혼처럼

채 가시지 않는 향기에는 결말이 남아 있어 더는 끌어안고 싶지 않았다

체온이 떨어지는 하늘을 올려다보았다

내가 되어서 몇 번쯤 올려다볼 수 있을까

처음으로

나 또는 나로부터 궁금해지는데

검색창에 나를 검색하면 어떤 이유들이 나올까

타인이 생긴다면 그가 가진 첫 입속에서 불온한 대본을
준비해보고 싶었다

아니면 호기심으로 타인의 대본을 들여다보며 긍정도 부
정도 아닌 염려를 갖든지

실낱같은 이름으로

사석에서 논의될 때면 비현실적인 농담이 섞여들었다

이 재미없는 사실을 태어나면서부터 물어본 것이 증거라
면 증거가 될 것이다

그래서 나는 아직 생각한다 고로 보류된다

힘

  우리가 태어날 때
  주먹은 흙에서 막 캐낸 감자처럼 야무진데
  세상에,
  21g이나 되는 사인의 무게를 꽉 쥔 주먹이란다

  누가 건들지 않아도 터져 나오는 신생아의 첫울음이
  쥔 주먹을 한 방에 날리고 싶어 하는 충동에 대한 자기
방어였단다

  그러니 그 주먹을 풀어 누군가의 손을 잡을 땐 평생 풀어
야 할 힘의 중심을 끊는 거란다

  그러니 너에게서 왜? 라는 질문은 사라지고
  똥줄까지 타들어 가는 힘과의 전쟁이 끝나면
  웃어야 할지 울어야 할지 부동의 자세로 되돌아가는 거
란다

  힘에 기댈 때
  비로소 사람 인人이 된다는 말을 들어본 적 있기에
  고수의 한 수처럼

누군가에게 기대고 서 있는 나는 오래 묵은 선무당이었
으면 좋겠지만
작두를 타다 베인 나를 너에게 데려가는 거란다

그러니 주먹이 울면
저번 죽음에 사인하러 가듯 부드럽게 풀어주란다
힘 빠진 손바닥 위로 누구나 한번쯤 자신의 생몰일을 써
본 흔적이 나타날 것이니

티백

외줄이 풀린다
오래 기다릴 수 없었던 의문들 속으로 혈색이 함께 풀어
진다

물기가 스미면 공갈젖꼭지를 빨던 버릇이 사라지고
고인 턱에선 작은 평화에 감염된 난민들이 늘어나고

본방을 사수해야지
스텝들의 얼룩진 눈동자에서 쌍성이 보였다
서성거리면 주위는 누군가에게 독설의 무대가 되겠지만

흰 줄 위로 부활하는 재방의 감정
의문을 지닐수록 중독은 사라지고 기분이 엇비슷해지는
파란 잇몸들
오늘은 무엇을 뒤적거려도 찾아올 사람이 없다

바닥에 닿으면 부활은 다수로 태어나
가까스로 입술을 떼면 우울증이 흘러나왔다
빨아주어야 할까, 빨아 주어야 할까

근시에 가까울수록

묶는 일에 스스로 묶어두는 버릇이 생겨

외줄과는

다독일 수 없는 거리

또 한 사람의 안부 속에서 지근거리가 빠져나간다

줄에 매달린 몇 개의 편견이 눈에 띌 만큼 멀어졌다

제4부

p

거울은 낡고 나는 닳아 거울 아래 엎드린다 둥글고 창백하고 창창해서 인간과 인간적이라는 말이 다르다는 것을 알았다 거울은 안으로 닳고 나는 무릎을 끌어안고 할 말을 참는다 불 꺼진 거실은 기댈 만한 것이 사라지고 목이 잠기는 늪이 생겨났다 희극적인 사람들이 첨벙거리며 들어와 목전을 살피다 뒤섞이고 때로는 목을 놓는다 검은 폭우가 쏟아지고 폭우에 찔린 희극적인 핏방울이 불어났다 늪이 창을 깨며 낯익은 피를 뽑아내도 창밖은 오래 만진 소문으로 하루의 입증이 어려워 목전을 반으로 접었다 늪에서 나오는 암모니아들 비극의 냄새와 무관하다며 거울을 뒤집어놓아도 돌봐야 할 유령처럼 붙어 있다 냄새가 태생을 바꿀 수 있을까 몸은 더 둥글어지고 옆구리가 수북해진다 시간이 팽창하고 생전의 일처럼 물건을 버리고 방을 닦아 액자에 걸고 도처에 박힌 일기를 나눠 쓴다 다 쓴 일기장은 염殮 없이 찢어도 핏방울이 고이지 않았다 거울은 닳고 나는 낡아 미지근한 한 캔의 맥주를 마시고 나를 하역하는 데 걸리는 몇 분의 시간이 풀리고 있다

떨어지는 나비 문신을 보았다

기울어지는 지붕에 손을 짚는다
어지럼증으로 지상의 나비들은 일제히 몸을 접어 천사
를 기다린다

손목에 나비
나비로 태어나 소녀처럼 날아다녔다
예쁘게 데리고 다녔다 또래의 양탄자를 타고 초록에 익숙
한 항체로 날아다녔다

계단엔 몇 개의 함정이 있고 계단을 잡으면 뛰어내릴 활
주로가 나타났다 계단과 계단 사이가 미끄러워 혼자 웃었다
웃음은 또래로 흩어지려는 소녀의 두 발목을 잡았다 벽에
기대 밑으로 빠져나가는 계단의 영혼을 세웠다 누군가 지붕
의 체온을 느껴도 비밀은 내려가지 않았다 계단의 끝이 나
비의 탄생이라는 오래된 우화를 지우며

소녀가 날린 한 뼘의 불시不時
손목이 어두워지려는 기분

문신을 한 곳에서 서로의 머리를 쓰다듬으며 잠자던 나

비잠처럼

　이마 위로 언니들이 흘린 빙벽 같은 걸음의 방향과 떨어
진 사과의 웅덩이가 떠 있다

　아침 햇살이 나비와 나비 문신에 허리를 굽혀 중력의 번
식을 잡아당기고
　어떤 가능성과 무관한 힘으로 기울어진 지붕에 닿은 시선
들이 부정에 암묵적 동의를 하지만

　항간에 떠 있는 수평에서 눈을 가린 천사는 우리를 덮고
나비 떼는 검은 귀로 하늘을 덮고 있다

여진

　몸살감기를 앓는다
　누군가 깨워놓고 나간 사설이 남아 있고 빠른 구원을 쓸
어 담느라 종일이 휘었다

　방문을 열어놓고
　이 집이 더는 무너지지 않게 진지한 구석들을 털어내며
　오간 데 없는 식구들이 돌아올 때까지 나에게만 친숙해
지기로 했다

　하루에 속하지 않는 나를 꿈꾸었고, 나는 나왔는데 거실
바닥에 내가 먼저 누워버려

　식은땀이 흐르고
　오늘의 사건사고를 읽었고
　읽는 동안 사건사고가 사라지고
　그 자리에 내 가계家系처럼 사건사고가 채워지는 중에

　경주에서 발생한 지진이 뒤늦게 속보로 뜨고 나는 앓는
중이라 몸살감기가 흔들렸다

흔들린 식탁과
흔들린 가계와
이미 흔들린 나

견딤은 어떤 기도보다 분주해
몸의 구석마다 나를 벗어나려는 사건사고들로 채워지고
식은땀이 자꾸 흐르고

여진은
며칠 누웠다 일어나도 식탁에 흔들렸던 나를 오래 앉혀
놓지 않을 것이다

삼가 명복을 빕니다

1톤 트럭 뒷칸에 실린 조화弔花를 본다

내가 난무하니
기립의 시간이 난무하더니
누군가 불 질러놓은 절정의 알몸이 모두 불타올랐다

마주 보면 한 사람이 불려 나올 것 같아
그 곁에서
우리가 언제 만난 적 있나요?
이런 인사를 건네면 꽃은 그늘지고 그 눈빛도 난무할 것
같아

되돌아보지 않고 엎드린 가슴에 가닿을까
모두가 입 다물 때까지 행방이 비슷해질 때까지 흩어지
는데

삼가한 얼굴과 삼가한 손이 되면 대책 없이 뒤가 보일 때
가 있다

조화弔花롭게

모였다가 사라지는 이마에 시간은 점점 눈을 뜨고

나는 폭염을 등지며
꽃의 명복을 빌었다

약 먹을 시간

한 사람의 손때 묻은 거울 속에서
당신의 귀걸이는 흔들리지 않았다
거울은 환청이 사라지는 곳에서 미열로 끓어오르는데

기도하는 자세에 따라
당신의 오래된 두통도 가끔씩 멈출 때가 있었지만
가닿을 수 없을 때면
파도가 닿는 암벽의 중간쯤
흔들리지 않아도 허물어지는 중간쯤
알약이 당신의 36°를 통과하고 있는 중간쯤
그쯤에서 정박하는 버릇이 있었다

물어보면 물렁해지고
물어보지 않으면 풀어지는 당신이었기에
거울을 들여다볼 때마다 흘러나오는 구석의 체온들
흰 가루처럼 번져오는 소식들

깨질 수 있는 것은
금이 간 쪽으로 새로운 출발선이 나타난다는데
당신은 거울을 닮아가고

귀걸이는 당신에게 꺼낼 수 없는 말처럼 매달려 있다

아주 잠깐이었지만
당신이 귀걸이에 매달려 흔들린 것도 같았다

포장마차

오후 여섯 시
툭, 툭 차다 개들에게 물려 어둑해지는 시간

누군가 말을 걸면 컴컴해진 얼굴은
컹컹 짖는 소리로 자해를 하거나 시간 밖으로 쫓겨날 것
이다

여기서는 무엇이든 믿어야 한다
믿는 도끼에 발등 찍히더라도 내일을 다시 믿어야 한다
고약한 버릇처럼

시간의 쇄골에서 식욕이 끓는다
빨간 간이의자가 사람에게서 낭패를 맛볼수록
연탄불은 젖은 사람에게서 젖은 사람을 말리고 있다

구멍들은
눈앞이 캄캄해질수록 하얗게 타버려
사람들의 순해진 머리카락도 모두 하얗게 타버려

누군가 벗어놓은 신발에서 흘러나오는 축축한 시간

우리는 왜 그것을 뼈대 있는 시간이라고 생각했을까

순례자들처럼 우리가 들고 온 검은 봉지마다
연탄가스에 중독된 성지가 가쁜 숨을 몰아쉬고 있다

모두가 마른 재로 굴러가야 할 시간이 되돌아오고 있었다

다음에

　꼬리는 마지막 감정을 생각하고 있었다

　우리는 난간의 웃음을 떼내며 스마일한 스타일을 변기 속에 집어넣고 물을 내렸다

　방문객들을 일렬로 세워 달의 리본으로 쓰기로 하였다
　테이블마다 앉아 귀뚜라미 소리를 내며 맥주를 마셨다
　리본이 마음에 들 때까지

　시간이 지나면서 서로의 귀를 자르기도 하였다
　우리가 내는 화음은 아무도 들어본 적 없어 어느 누구의 귀도 의심하지 않기로 하였다

　서로가 서로를 마실수록 우리는 흘러내렸고
　가끔씩 몸을 포개며 내 결혼식에 참석하지 못한 나의 신부처럼
　누가 먼저랄 것도 없이 줄 서서 화장실을 다녀왔다

　화장실의 비누처럼
　우리의 꼬리는 흘러내리는 예언에만 흔들기로 하였다

우리가 늘 '다음에' 있는 것처럼

성인식

우리는 호칭이 생각나지 않아 낡고 허름한 방으로 들어
갔다

낡고 허름해서 해야 할 고백은 쉬웠는데

담배를 끼고 있는 손가락으로 유사한 호칭들만 생겨나

사람의 맨 처음 심장을 건너온 말로 가득한 벽에 기대
어 있다

자꾸 멀어지는 호칭을 사이에 두고 누워

아무리 생각해봐도 애칭으로는 결백할 수 없어

얼굴은 늦어지고

어떤 호칭을 갖기 위해 나는 기르던 개와 강가에 다녀왔
으면 싶었다

당신, 이란 절정의 말이어서

나는 아무것도 들여다보거나 꺼내볼 수 없었다

당신은 식은 이마를 짚어가며 오래전 일처럼 방문을 열
어놓았다

호칭이 생길 때까지

나는 이하 생략을 반복하였다

어느 측면에서 보면

참 어려운 일과다
사과나무가 붉어지는 시간까지

새가 날아갈 때 새똥은
잘잘못을 따지기 이전에 떨어진다
새똥이
사과의 얼굴로 떨어질 때
사과나무는 열매의 뿌리이며
사과의 주인 행세를 하여도 된다

사과의 꿈이
붉음을 갖고 있으면서도
늘 망설이다 개꿈만 꾸는 구름을
진압하는 동안
사과는
새의 무리 속에서
새파랗게 똥을 싸고 있다

기가 찰 노릇이지만
스승의 마지막 말씀처럼

꿈을 챙기는 일이란
주문이 밀린 피자 가게를 서성이다
맨 끝에서
긴 행렬의 눈치를 보는 일과 같았다

한동안
사과는 새파랗게 익어갈 것이고
사과나무는 붉을 대로 붉어질 것이다

구제 인간

신발장의 애인들은 눈 코 입이 없어
서열만 있어
빨아 햇빛에 말린 다수의 나는 살아나지

벗을래! 벗겨줄까?

나를 감싸고 있는 몇 겹의 이음새
환상에 풀어진 박음질은 퉁명한 시간을 둥글게 만들기
도 하지
우리는 동쪽 하늘에 등을 대고 발을 살짝 들었을 뿐인데
어떤 나는 빠르게 웃자라고
키높이 구두의 깔창에 깔린 멀미처럼 미래로 달아날 수
있는 감정이 붙어 있다면 천천히 매달린 애인을 데려가지

애인이 가져간 나는 늘 싱거워
열매는 손에서 멀어질 때 제 맛이 드는데 새끼손가락부
터 물방울이 생기고
밑창 뜯긴 신발이 나를 낳고 있지
낳은 나는 나를 낳고
애인과 내가 뒤바뀌지 않게 물방울에 튄 눈 코 입을 쓱

쓱 닦아

　눈을 감고 손끝이 익명에 닿을 때 깨끗이 빨아 넌 지금의
나는 미안하게 흘러
　커피 속 가늘고 긴 눈동자가 마지막 애인을 불러내지

　신발장을 열자 텔레파시처럼 다가오는 구제의 방향들
　잠깐만, 나와 내가 뒤바뀔 수도 있으니 버려진 순서대로
나를 세워둬

스크래치

껌을 씹다 혀를 깨물면
침을 묻혀 넘긴 달력에서 단맛이 사라지고
헐렁해진 바지는 내 그늘의 반을 삽시간에 연애 감정으
로 키웠다

면도날을 씹으면
목젖이 사라지고 흔적은 길어졌다
기형의 귀를 가진 애완견은 뼈다귀처럼 생긴 껌을 오랫
동안 핥기만 하였다

함께 꿈을 기르던 애완견이 잠들어야
활개를 치고
씹히지 않던 배후가 튀어나왔다
커플 놀이는 언제나 링을 떠나야 놀이가 되었다

나를 핥으려 했던 것도
닳고 닳아
껌을 씹는 동안은 눈썹을 밀고 투항하였다

씹을 때마다 흩어지는 에필로그

우리는 닮아갔고

쓴맛은 네 맛 같아 함께 견디고 싶었지만

어느새 네 이웃의 설교에 부풀어 오르는 말문이 간절하
였다

당신이라 부르고 싶었는데

그때마다 무서운 속도로 사라지는 물컹

씹다가

씹으면 씹을수록 씹혀지는 혀를 씹어버렸다

가위바위보

감자의 싹이 노래서 운동장은 가까스로 아늑했다
나를 가르치던 몇몇의 선생은 운동장을 바라보며 홀가
분해 하고

감자에 싹이 나고
이파리에 감자감자, 꽃은 필 때마다 옆으로 나를 세우고
유구무언은 가능한 색깔을 들여다보는 것으로 시작되
었다
꽃에서 감자의 싹이 노랄지 파랄지 모르는 선생들은 꽃
을 피해 다녔다

주먹감자는 원죄 의식으로 여물었고
나는 노랗게 노랗게 물들어 누구에게나 웃는 얼굴을 하
였다
선생의 말씀은 산통을 겪으며 깨지고 파편들로 우리들 배
꼽에 티눈이 생겼다

애야, 감자 심으러 와야지, 감자의 눈은 땅에 박혀 선생
의 그림자를 밟았다 무섬증에 복화술을 배웠다 나는 노래지
고 흙 속에 묻혀 마른기침을 하였다 각오처럼 주먹감자를

날리고 감자만 먹으며 살았다 산다는 말을 뒤집어도 뜨거운 감자는 다 산 날에서 빠져나갔다 아버지가 이 감자를 다 심으신 거예요? 밑이 빠지지 않게 태풍이 하지를 밀었고 몇몇의 선생은 창문에서 떨어지고 새들은 말씀을 물었다 취업시험을 봤어요 감자를 캐러 가야지 세 명의 면접관이 동시에 중얼거렸다 시간은 가위로 돌고 보처럼 잠이 들었다 꿈에서 아버지는 하얗게 핀 감자 꽃을 보고 있었다 꽃들도 중얼거리고 시험에 떨어졌어요 고생했구나 아버지는 장미담배를 피우며 말했다 나는 노랗게 노랗게 피어났다 감자는 싹이 나고 이파리는 감자감자 뜨거워졌다 불쑥불쑥 주먹을 내밀었다 웃는 얼굴로 감자를 캐는 일이 되었다 아버지의 장미담배를 훔쳐 물었다

　나는 운동장과 감자밭과 웃는 얼굴의 빈틈을 틈틈이 창가로 옮겨 놓았다
　새들이 다시 날아오고

노쇼No-Show

꽃은 테이블 위에서 애를 낳으려 합니다
안개가 여럿의 발로 나가 나를 인정할 수 없는 아이가 나
오려 합니다

꽃의 아이에겐 정말 미안합니다
나는 펑펑 울어본 일 없어 어르거나 안아줄 수 없습니다

빗물이 툭, 떨어지는 전망
어쩔 수 없는 일에는 눈동자의 높낮이가 없습니다
떨어지거나 사라지는 그런 인성뿐입니다

음악을 묶으면 다발이 될까요 다각이 될까요 다큐가 될
까요
그 다음을 말하기 전에
거리는 연말연시입니다
사람들은 한 손으로 꽃다발을 들고 서로의 팔짱을 나눠
낍니다

하나같이 묶였다 풀어지는 지점입니다

꽃의 아이는 계속 태어납니다
나의 자정은 턴테이블 위에서 돌아가고 있습니다

아메리카노 속의 아메리카노는 어떤 질문도 하지 않습
니다

가능할까요?
이 일을 이해한다면 누군가는 반음으로 되돌아오는 일이

대안

조로증을 알아요?
아이는 리모컨을 누르며 아무렇지 않게 다가오는 시간을 고백했다

가수가 꿈이랬지

날아오르는 물고기를 만들자 물고기에 돋은 가시로 음을 터뜨리자 엄마 아빠 누나 내 노래는 창문을 열면 날아가는 연두야 가오리연이야 연에 매달린 열 번째 생일이야 날아가다 파란 피부에 닿는 손가락이야 열리고 있는 문의 손잡이야 숨가쁘게 감겨오는 속눈썹이야 빠름, 빠름, 빠름의 시간이야 자라지 않는 머리카락의 기대야 내 무대는 노래가 끝날 때까지 날아오르는 물고기야

아침 창들이 외투를 입고 모자를 쓰고 노래를 따라 부른다
다가오는 시간은 매번 입 모양을 바꿔 태어나고 나는 오늘의 외투를 꺼내 입고

어디서부터 따라 부를까

내면적 격정이 생성해가는 사랑의 페이소스
—이돈형의 시세계

유성호(문학평론가, 한양대학교 국문과 교수)

1.

이돈형의 시를 읽을 때 우리는 그만의 유머와 환상을 편재적으로 만나게 되지만, 그 바닥에는 세상과 손쉽게 화해하거나 소통하기에는 너무도 무거운 그만의 페이소스가 깔려 있음을 발견하게 된다. 이를 일러 이돈형의 실존적 고통이나 상처라고 부르는 것은 별다른 의미를 가지지 못한다. 그것은 오히려 그로 하여금 시를 쓰게 하고 그 스스로 시인으로서 발화하고 노래하며 신체의 파동을 만들어가게끔 하는 어떤 에너지라고 명명해야 맞을 것이다. 물론 이돈형 시편은 언어의 표층적 차원에서 시적 전언을 쉽게 단정하기 어렵다. 그의 시는 의미론적 명료성 대신, 실재와 상상을 넘나드는 이미지군群을 통해 불명료한 감각들을 간접화하고 있기 때문이다. 따라서 그의 시 속에 들어앉은 사물들은 대부분 그 사실적 외양이 묘사되지 않고, 반드시 그

이면에 시인의 남다른 감각을 환기해주는 비유의 그림자를 폭넓게 거느리고 있다.

그만큼 이돈형은 사물의 풍경과 내면의 경험을 유추적으로 결합하면서, 그 과정에서 필연적으로 발생하는 사물과 내면 사이의 불화 내지는 균열 형상을 포착해낸다. 그리고 그러한 형상을 통해서만 자신의 기억과 감각에 대해 발언하고 침묵하고 표상해간다. 그래서 독자들은 그가 그리는 풍경과 그의 감각 사이에 끼인 비유의 그림자들을 통해, 시인이 세계내적 존재로서 견지하려는 세계 이해 방식과 간접적으로 만날 수 있게 된다. 그 개성적 세계는 격정적인 채로 저만의 질서를 갖추고 있고, 스크래치의 기운으로 가득한 채로 역동적 사랑의 지향을 품고 있다. 그 점에서 이돈형 시의 남다른 페이소스는 따뜻한 역설逆說을 은은하게 머금고 있다 할 것이다.

2.

말하자면 이돈형은 이러한 역설을 통해 우리로 하여금 세계의 의미 없는 폭력성과 건조함에 던져진 자의 노래를 듣게끔 해주는 시인이다. 그만큼 그는 견고하고도 격정적인 내면 탐구를 통해 자신의 시적 수심水深을 깊이 들여다보고 있다. 물론 이러한 표지標識가 퇴행적이거나 회고적인 정서에 머물러 있는 것은 전혀 아니다. 오히려 그의 이러한 지

향은 국외자로서의 진정성 있는 자기 탐구 결실로 가득하다
는 점에서, 그리고 새로운 존재론적 생성을 예비하고 있다
는 점에서, 우리에게 더없이 살뜰하게 다가오고 있다. 다음
작품을 먼저 읽어보자.

　　뭉개진 이불을 털자 발이 빠져나간 침대가 돌아눕는다
　　북향, 그 외곽의 초록은 잠들 수 없는 사람의 여름을 기
　다려줄까

　　엄지와 검지 사이를 누르면 자백이 흐르고
　　방이 무신론자임을 안 호흡들이 붉은 낯빛으로 우리를
　의심한다

　　미래를 내밀었지만
　　잡아본 것과 잡아보지 못한 것의 차이가 무의미할 정도
　로 냉랭하다

　　미끄러진 방에서
　　우리는 타악기처럼 두들겨진다
　　겸손에는 인칭과 인칭이 섞여 누구도 방의 귀머거리에
　관여하지 않고

　　당신은 지나간 말에 귀를 내밀며 천장을 응시하고
　　우리가 밀고 온 문으로 당신이 의뢰한 봄은 들어오지

않았다

　가운데로 모여봐
　다들 비릿해질 때까지
　서로의 얼굴이 깨져 거듭날 때까지 당신의 뜻을 거역하
기로 하자

　모두가 붉어지고
　끝으로는 일제히 흩날렸다
　유일한 봄이 방문을 넘어설 때까지 방은 암살자를 자처
하였고
　　　　　　　　　　　　　　　　　　　　　　─「레드라인」 전문

　'레드라인'이란, 한계선 또는 협상에서 한쪽이 양보하지
않으려는 쟁점이나 요구 사항이라는 사전적 의미를 가지고
있다. 최근 우리 정부가 포용적 대북정책이 실패했을 경우
봉쇄정책으로 전환하는 기준선이라는 뜻으로 사용되기도
한다. 어쨌든 이돈형 시인은 나와 남을 가르는 한계선의 의
미로 '레드라인'을 상정해간다. 먼저 그것은 "뭉개진 이불"
과 "발이 빠져나간 침대"를 소도구로 하여, "북향, 그 외곽
의 초록"과 "붉은 낯빛"의 호흡이 어울려 있는 침실을 배경
으로 한다. '자백'과 '의심'이 아스라하게 공존하는 이 냉랭
하고도 무의미한 "미끄러진 방"은 "당신"으로 하여금 지나
간 말에 귀를 내밀며 천장을 응시하게끔 하고, 정작 화자 자

신은 "서로의 얼굴이 깨져 거듭날 때까지" 붉어지는 레드라인을 지켜가려고 한다. 그러니 자연스럽게 "봄이 방문을 넘어설 때까지" 서로가 지킨 '레드라인'의 방은 서로를 한편으로 지우기도 하고 한편으로 지키기도 하면서 천천히 소실점을 향하여 움직여가지 않겠는가. 이 건조하고도 고독한 시간과 형상은 "불시착한 실족의 언어들"(『재갈매기』)처럼 우리의 쓸쓸하고도 외따로운 한계선을 느끼게 해준다. 그리고 궁극적으로 타자에 가닿을 수 없는 열망과 절망을 동시에 각인해준다. 그때 비로소 이돈형 시가 뿜어내는 페이소스가 방 안에서 천천히 바깥으로 번져가고 있다.

　　너의 세계는 기술이었으니 그 세계는 당분간 우리의 세계
　에서 소용돌이치다 스스로 마감할 것이다

　　내가 너를 믿으려 했고 네가 나를 키우려 했으니 네가 우리를
　불러 모은 것이고 당분간, 멀다고 느껴진 세계의 광장으로 가
　는 길에 침묵으로 밟힌 기분을 색깔 없는 귀를 열고 밟을 것이다

　　하여, 가고 싶어져
　　하여, 하고 싶어져
　　식은 밥 덩이를 쥐었던 손이 떨어지고 손이 손을 잡고 빈손
　이 된다 해도 우리는 기술 없이 한곳으로 전진하여

　　동시에 끓고 있어요

와르르 끓고 있어요

눈웃음처럼 시인해도
혓바닥처럼 시인해도
심사는 내 심사와 상관없이 네 심사의 모호한 세계를 브
리핑하는
사이,
사이,
너는 어떤 주술을 물고 어떤 주술을 묻어두었나

죽어야 산다는 말에는 주무를 게 없어
여하, 말이 아닌 뜻
여하, 쥔 것이 아닌 뜻하지 않을 빈손

광장을 돌면 기술 없이 결집하는 우리의 입김이 깃발처
럼 뒤섞이고
세상은 연대하는 저녁으로 어두워져도 세계는 부드러운
돌처럼 호흡하고 있는
―「기술 없이」 전문

이돈형 시인은 "너의 세계"가, "우리의 세계"에서 소용돌
이치다 스스로 사라져가는 '기술'이었다고 말한다. 그런데 그
세계는 어느새 '나'와 '너'가 서로 믿고 키우려 했던 기억을
뒤로한 채 "멀다고 느껴진 세계의 광장으로" 몸을 바꾸어간

다. 그곳에는 '침묵'과 '무색'에 의해 만들어진 고요가 감돌고 있다. 그렇게 시인의 무의식은 손이 떨어지고 손이 손을 잡고 빈손이 된다 해도 오로지 "기술 없이" 한곳으로 전진해가고자 한다. 끓고 있는 비등점에서 "눈웃음"과 "혓바닥"의 시인是認을 통해 서로가 "심사心思"의 모호한 사이에서 주술처럼 존재하고자 한다. 그러니 우리는 "말이 아닌 뜻"을 통과하여, "쥔 것이 아닌 뜻하지 않을 빈손"으로만 "부드러운 돌처럼 호흡하고 있는" 세계에 당도할 수 있을 것이다. "기술 없이" 말이다. 이처럼 이돈형은 '나'와 '너'를 이어주는 기술을 천천히 지워가면서, 서로가 서로를 열망하면서도 근접하기 어려운 '레드라인'을 제시하고 있다. 마땅히 우리는 "모두가 마른 재로 굴러가야 할 시간"(『포장마차』)을 느끼면서, 풀풀흩날리는 고독과 사라짐의 이치를 구체적 언어의 감각으로 경험하게 된다.

이렇게 이돈형은 명료한 연대가 가능한 거대한 질서(cosmos)보다는 활달하게 흩어진 채 모아지기 어려운 역동적 혼돈(chaos)을 택하여 그것을 자신의 언어 속에 배치하려는 욕망을 보여준다. 또한 유목적 자의식을 통해 시집 곳곳에 이러한 단속적 이미지들을 배열해간다. 이러한 이미지들은 그가 궁극적으로 욕망하는 묵시默示적 이미지들로 전이되어감으로써, 그의 시편들을 평범하기 그지없는 내면 토로의 작품들과 확연하게 구별해준다. 다양하고도 이질적인 형질들이 자연스럽게 얽힘으로써 이돈형 시편은 이처럼 삶의 비애가 현실의 복합적 경험을 투시함으로써 얻어내는 내면적

슬픔에 도착한다. 우리는 그러한 현실과 한편으로는 친화하고 한편으로는 크로스하려는 욕망을 내보이는 시인의 초상을 선명하게 만나게 되는 것이다.

마찬가지로 우리는 이돈형이 노래하는 낭만적 초월 과정 역시 무분별한 현실 도피가 아니라, 그 나름으로 현실에 맞서 삶의 불가피한 지평과 조건을 암시하려는 상상적 고투임을 알게 된다. 그만큼 우리는 비애와 초월을 증언하면서 삶의 양가성을 담아내는 이돈형이 시편을 읽으면서, 그가 삶에서 경험하는 비애와 그것을 역동적 혼돈으로 넘어서는 모습을 가멸차게 목도하게 된다. 이돈형 시인은 이러한 방법론으로 세상과 가파르게 맞서면서, 또한 세상의 중심으로부터 비켜서면서, 자신만의 소우주(microcosmos)를 견고하게 구성해가고 있는 것이다.

3.

우리가 충분히 예감할 수 있듯이, 이돈형 시에 담긴 사물이나 상황은 그 외관이 사실적으로 재현되지 않는다. 어쩌면 시인은 자신이 투과하고 있는 시공간의 합리성 속에 사물이나 상황을 배치하려 하지 않는지도 모른다. 그렇다고 그의 시편 낱낱이 선명한 우의적寓意的 스케치로 설명될 수 있는 것은 더더욱 아니다. 왜냐하면 그의 시편은, 사실적 정보 노출이나 고백에는 퍽 인색하고, 명확한 산문적 해명

(paraphrasing)과는 아예 거리가 멀고, 시인의 의식과 무의식이 교차하면서 발화하는 충만한 순간을 토로하고 있기 때문이다. 거기에 시인은 사실적 재구再構보다는 언어와 언어 사이의 안개 지수指數를 통해 우리에게 까다로운 방법적 유추를 요청한다. 물론 그의 시가 난해성의 극을 달린다는 뜻은 아니다. 그의 시는 되풀이 읽을수록 진정성 있는 시인의 내면을 드러내고 있고, 시인의 무의식까지 침윤된 열망들을 가려서 읽게 해주고, 더욱이 그가 바닥까지 내려가 들려주는 '죄'의 자의식까지 볼 수 있게 해주기 때문이다. 이 점, 이돈형 시의 윤리적 자의식이 돌올하게 다가오는 순간이 아닐 수 없다.

소매를 잡아당기면
마징가제트의 큰 입속으로 들어갈 수 있을까
여기는 중저음의 노래야
자전하고 있는 수인번호가 모여드는 공터야

고백을 할 때마다 죄는 쉬워졌다
우리 모두는 죄를 빼고 어디까지 가볼 수 있을까
보일 듯 사라지는 입 모양을 따라 변신한다는 것은 케케묵은 마술 같았다

손을 씻어야지

누군가 뱉어놓은 침에서 무작정 환청이 들려왔지만
죄는 죄를 나무라지 않았다

이어폰을 끼고 누구의 잘못도 아니라고 사함을 내밀면
비눗방울이 될 수 있을까
사람의 울타리를 넘어갈 수 있을까
마징가제트의 큰 입속으로 들어가면 사라지는 사방들과
사라지는 죄의 잔해들

손을 씻어야겠지

죄를 보여주면 여죄는 투명해질까
망루 위에서 손을 흔들어도 버릇처럼 연기들은 피어올랐다
아무것도 불러낼 수 없는 24시 편의점 앞에서 죄짓는 일
에는 겨를이 없어

손을 씻는다고 해도
먼저 죄를 선언해도
약속된 또 하나의 마징가제트는 만들어진다

—「죄를 짓다」 전문

　시인은 '죄罪'라는 매우 민감하고도 포괄적인 기표를 꺼
내 든다. "중저음의 노래"로 "고백"되는 '죄'는 "자전하고 있
는 수인번호가 모여드는 공터"처럼 우리를 온통 감싸고 있

다. 더 나아가 우리 모두는 '죄'를 빼고는 어디까지든 가닿을 수 없을 것이다. 그만큼 '죄'는 매우 보편적인 삶의 속성이자 원리이며, "케케묵은 마술"처럼 누구에게나 몸속에 깃들여 있는 존재 조건이기도 하다. 여기서 "손을 씻어야지"라는 표현은 마치 죄 없는 사람처럼 행동하는 것을 암시하는데, 이는 "누군가 뱉어놓은 침에서" 들려오는 환청과도 같은 것일 뿐이다. "사라지는 죄의 잔해들"은 투명하게 버릇처럼 남아 있고, 사람들은 죄짓는 일에 겨를이 없는지 "손을 씻는다고 해도/ 먼저 죄를 선언"해 갈 뿐이기 때문이다. 이처럼 '죄'와 '약속'은 마치 서로에게 결여 형식이라도 된다는 듯이, 우리 삶의 완성을 지체시키면서 또 견고하게 만들어가기도 한다. 그래서 우리가 '죄'를 짓고 생각하고 고백하고 사赦함 받는 일체의 과정은 "하나같이 묶였다 풀어지는 지점"(「노쇼No-Show」)에 모두 함께 놓이게 된다. 그래서 위의 작품은 이돈형 시학의 진중함을 얼비쳐 주는 문제적 시편이 아닐 수 없다. 다음은 어떠한가.

꽃이 허공을 움켜쥐었다는데
흔한 말이다
우리는 흔하였으니 보이지 않는 것이 좋겠지만

오늘은 떠나간 애인처럼 환장하게 비가 내리고
허공을 쥐었다는데
허공이 쥐었던 걸까

꽃들의 절정은 그늘이 있는 굴뚝 위에 있었다

빗길에 누워버린 꽃잎이 더 환장하겠지
모나도 저렇게 모나야 되겠다 싶었지만

누군가 가야 한다면 누군가는 보내주어야 한다고
우산이라도 씌워줄까 들었다
내 몸속 길들도
모조리
데려온 길이어서
든 것 없이 꽃들을 배웅하러 나갔다

낙하의 가려움을 긁느라
몸을 뒤척이는 꽃들을 보며
먼 길 잡는 빗방울을 나무랄 수가 없었다

다음 봄에는
허공을 좀 더 아래쪽에 매달아 주기로 하였다
나는 젖고 마른 지 오래였기에

　　　　　　　　　　　—「나는 젖고 마른 지 오래」 전문

　'죄지음'과 '죄 사함'처럼, '젖음'과 '마름'은 인간 존재의 불
가피한 이중주를 선연하게 들려준다. 꽃이 허공을 움켜쥐
었다는 흔한 말은 시인에게 "보이지 않는 것"에 대한 관심을

허여한다. "떠나간 애인처럼" 내리는 빗줄기는 허공을 쥐었는지 허공이 그것을 쥐었는지 구분하기 어렵게 만들고, 그렇게 "꽃들의 절정"을 바라보는 시인은 "빗길에 누워버린 꽃잎"과 "몸을 뒤척이는 꽃들" 속에서 누군가는 가고 누군가는 보내주는 순리를 알아챈다. 그리고 한편으로 데려오고 한편으로 배웅하는 시간의 교차를 노래한다. 당연히 "먼 길 잡는 빗방울"을 통해 우리는 "다음 봄에는/ 허공을 좀 더 아래쪽에 매달아 주기로" 결심한 시인의 "젖고 마른 지 오래"인 삶의 형식을 이해할 수 있게 된다. 시편을 촘촘하게 짜고 있는 '보임/보이지 않음', '누움/뒤척거림', '감/보냄', '데려옴/배웅' 등의 대립 쌍들이 '젖음/마름'의 선순환적 구조를 넓게 에워싸면서 삶의 핍진한 형상을 잘 부조浮彫하고 있다 할 것이다. 이돈형 시인이 노래하는 "온기 속으로 들어가기 위해 상처를 내고 잠입"(「수염」)한다는 역설이 이러한 대립 쌍들의 운동 속에서 가능했을 것이다.

결국 이돈형은 사물의 사실적 외양 묘사나 정보 전달에는 인색한 채, 시인 자신의 의식과 무의식 사이에서 솟구치는 내면의 격정을 풍요롭게 그려가면서 스스로의 시적 형식을 완성하고 있다. 따라서 우리가 그의 시를 읽는 것은 시인의 삶의 기율이나 방향을 이해하는 것이 아니라, 시 자체가 그리는 감각적 동선動線을 따라 예사롭지 않은 상상적 파문에 동참하는 것일 터이다. 그 동참 과정에서 우리는 뭇 존재자들이 가질 법한 내면의 역동성과 쓸쓸함을 거듭 확인하게 되는 것이다. 그리고 그 과정을 통해 우리는 시인의 무의식에까지 침윤된 열망들을 만나면서 바닥까지 내려가 들려주는 그의 자의식을 간취하게 된다. 여기서 우리는 다시 한번 이돈형 시의 윤리적 차원을 느끼게 된다. 그는 그만큼 누구를 나무라지 못하고 자신의 내면으로 칩거해 들어와 스스로의 '죄'를 발견하고 오로지 자신이 젖고 마름을 반복하는 유한자有限者임을 고백하는 것이다.

4.

마지막으로 이돈형 시를 귀납하는 내적 지향은 '사랑의 시학'에 있다. 원래 '사랑'이란, 인간이 가지는 고유한 욕망의 한 형식이 아닌가. 근본적으로 충족이 불가능한 욕망의 성격에 비추어볼 때, '사랑'은 우리의 일상을 얽어매고 있는 소모적인 힘일 뿐이라고 생각되기도 한다. 이러한 '사랑'의 속성들은, 그것이 내면의 가장 주밀한 정서라는 점을 잘 보여준다. 이돈형 특유의 의미론적 불투명성이 원활한 가독성을 일정하게 제약하면서 펼쳐지는 이번 시집의 저류底流에는 이러한 '사랑'의 은근한 힘이 여기저기서 고개를 내민다. 물론 이돈형 시편에 등장하는 기표들은 한편으로는 스스로 물질성을 지니고 있고, 다른 한편으로는 시인의 경험적 세부를 증언하고 구성하는 몫을 행사하고 있다. 여기서 말하는 '물질성'이란, 언어 자체가 일정한 질감과 속도를 지니고 있다는 것을 함의하는데, 그 질감과 속도를 한

껏 따라가다 보면, 세계와 불화하면서도 따뜻하게 그것을
감싸 안으려는 시인의 의식과 흔연하게 만나게 된다. 그만
큼 이돈형 시학의 '사랑'은 구체적인 물질적 역동성을 잘 내
장하고 있다.

너는 주름이 많은 체온에 대해서 말한다
어디까지나 가정이라는 말을 덧붙여가며

부활보다 말투가 먼저 섞여든다
나는 검은 감정에 잠겼다 구조된 사람처럼
사람과 동선은 가장자리에서 멀수록 중독성이 강하다
고 말한다

너의 말에 몇 번을 되묻고서야 체온은 형체를 갖는다

뜨거워
다 지울 수 있을 것 같아
다 지워질 수 있을 것 같아

그러다가도 네가 주름에 미끄러지면
내 몸을 빌려 우리에게 남아 있는 유전하는 겨울을 분
출한다

뭉클,

143

이처럼 섞이는걸

우리가 낳을 수 없는 거인은 언제나 출렁거리지만

항복할 수 있는 아름다운 실종을 말해봐

덴 손으로 열이 내릴 때까지 바깥은 누구도 데려갈 수 없

는 설상 그 너머

너에게도 타인의 소멸이 있었다고 동의하면

폭발음에는 말투가 섞여들지 않았을 것이다

—「마그마」 전문

'마그마'란, 땅속에서 뜨거운 열을 받고 녹아 액체 상태로 변한 암석 물질을 말한다. '용암'이라고도 부르는 그것은 그 높은 열도熱度만으로도 '사랑'에 대한 은유로 꽤 적합한 이미지라 할 것이다. 여기서 시인이 호명하는 '너'는 "주름이 많은 체온"에 대해 말하고 있고, '나'는 "사람과 동선은 가장자리에서 멀수록 중독성"을 강하게 띤다고 말하고 있다. '너'가 던지는 말에 '나'가 반응한 후 얻어지는 것은 서서히 체온이 형체를 가진다는 것이고, "다 지워질 수 있을 것"처럼 "뭉클,/ 이처럼 섞이는걸" 수긍해간다는 것이다. 이제 '우리'는 우리에게 남은 "유전하는 겨울"을 이렇게 건너갈 수 있을 것이다. 이처럼 서로 "지척"(「트림」)에 두고는 천천히 아프게 "번져오는 소식"(「약 먹을 시간」)을 나누는 우리의 '사랑'은 때로는 냉연하고 때로는 열렬하다. 이렇게 이돈형 시는

"후렴으로 남아 있는 몇 개의 목소리를 건지는"(『알비노』) 사랑의 마음을 그 안에 곡진하게 담고 있는 것이다.

흙의 시간은 맛을 내지 않는다
징검다리를 건너다 걸려 넘어진 굄돌의 이마에
한 마리 나비의 족적이 부적으로 붙어 있다
끝이란, 멀미처럼 흔들리면서 휘발하는 것
당신을 떼밀고 온 사람들의 목주름을 펴서 얹은 덮개돌
위로
핀 들꽃도 무심해
무심한 것들조차 무심해질 때
당신은 허공도 욕심이라 하겠다

사람은 죽어서야 가벼워지기 시작한다지
덮개돌이 들썩인다

근황은 도착하기 이전의 안부
당신의 근황은 건망증을 앓지 않아
누군가의 관상에서 울음을 배우고 싶었을 것이고
울음도 가벼워질 수 있다고
덮개돌은 난감함을 수평으로 펼치고 있다

덮개돌이 들썩이는 것은
나비의 족적처럼 마지막 감정 때문만은 아니었을 것이다
―「고인돌」 전문

이 아름다운 시편은 "흙의 시간"과 "굄돌의 이마"를 지나 부적처럼 붙어 있는 "한 마리 나비의 족적"에 가닿는다. 시인이 노래하는 "끝이란, 멀미처럼 흔들리면서 휘발하는 것"이라는 표현은 얼마나 기막힌가. 시인은 '당신'을 떼밀고 온 사람들의 목주름처럼 피어난 들꽃들을 통해 "무심한 것들조차 무심해질 때"를 경험해간다. 그러한 시인의 모습은 꼭 '고인돌'이 환기하는 영겁의 소멸 과정을 닮았다. 시인은 "당신, 이란 절정의 말"(『성인식』)처럼, "당신이라 부르고 싶었는데/ 그때마다 무서운 속도로 사라지는 물컹"(『스크래치』)처럼, '당신'을 안타까이 소중하게 불러본다. 하지만 '고인돌'을 바라보면서 시인은 죽음을 통해 비로소 가벼워지는 인간을 이해해간다. 또한 그것은 "울음도 가벼워질 수" 있다는 것을 긍정하는 쪽으로 나아간다. 그렇게 시인은 들썩이는 '덮개돌'을 넘어 "나비의 족적"처럼 붙어 있는 '사랑'의 깊은 화인火印을 발견하고 있는 것이다. 그리고 그 에너지는 "곁에서 곁으로 옮겨가며"(『밥』) 서로를 결속하기도 하고, "뼈를 오랫동안 우려낸 맛"(『패牌』)처럼 죽음의 그림자를 훌쩍 넘어서기도 한다.

이러한 '사랑'의 속성을 지닌 이돈형 시편의 음역音域은 감각의 활달한 표현에서 발원하고 완성된다. 시인의 시선에 포착되는 사물들은 그 안에 매우 역동적인 격정을 내장하고 있지만, 그 격정 안에 웅크리고 있는 것은 능동적 자기 개진과 소진의 양가적 에너지이다. 그래서 언뜻 보기에, 그의 시에 담겨 있는 사물들은 기억을 통해 재생되기보다는 소멸을 향해 나아가는 듯 보이기까지 한다. 원래 시적 정서는 숭고하고 심미적인 방향으로 그리고 조화와 균형을 이루는 방향으로 조직되어 갈 가능성이 크지만, 이돈형 시에서처럼 비속성과 일탈과 부조화가 나타남으로써 더욱 심미적인 역설을 수행하기도 한다. 이때 상상력의 새로움(novelty)이 중요한 관건으로 작용함은 말할 나위도 없을 것인데, 이돈형 시학의 개성은 이러한 과제를 담당하고도 남음이 있다 할 것이다.

5.

지금까지 우리가 천천히 읽어온 것처럼, 이돈형의 첫 시집은 사유와 감각에서 큰 개성으로 다가온다. 그리고 미래적 가능성으로 충일하다. 그것은 내면의 활력과 사물의 구체성이 만나는 감각의 재생 과정에서 발원하여, 그 안에 선명한 기억을 통해 삶을 물질적으로 조형하는 세계를 담고 있다. 이 같은 감각과 언어의 활력, 그리고 그것이 지닌 격정의 진정성에 이돈형 시학의 작법이 드리워져 있는 것이다. 그런가 하면 그의 시편에는 역사적, 사회적 문맥의 구체성보다는 삶의 원체험에 가까운 균형과 긴장이 더 강렬하게 나타난다. 여기서 '원체험'이란 가장 오랜 기억에 머무르면서 강렬한 반응에 의해 지속적으로 주체의 행위나 의식에 영향을 주는 체험을 말한다. 대개의 시인들은 원체험을 부단히 변형하면서 기억을 통한 동일성을 점진적으로 강화해 간다. 그 점에서 이돈형이 노래하는 원체험이란, 삶의 불가피한 고단함과 그것을 뛰어넘으려는 강인한 의지를 동시에 표상하고 있다고 할 수 있다.

결국 이돈형의 첫 시집은 우리를 둘러싼 속물적이고 폭력적인 요소들에 대한 부정 정신에서 비롯하여, 출구 없는 세계에서 견고한 육체성이 가지는 독자적인 미적 범주를 발견해온 결실이라고 개괄할 수 있을 것이다. 그만큼 이돈형의 시편은 소박한 표현론이나 반영론으로는 설명되지 않으며, 확연한 물질성으로 사물이나 내면을 드러내는 세계로 우리에게 다가온다. 하지만 감각적 선명함에서 출발했다 하더라도 그의 시가 비논리성으로 점철된 것은 결코 아니다. 오히려 그의 논리는 견고한 균질성과 일관성을 가지고 있으며, 현실과 상상의 이중주를 통해 풍요로운 타자성에 이르는 기율을 잘 보여준다.

이돈형은 사물들을 불러내고 환기하여 우리 삶에 편재해 있는 불안과 소멸의 심미성을 그려내는 동시에, 역설적으로 그것을 항구화하는 과정을 노래하는 시인이다. 그렇게 내면적 격정이 생성해가는 사랑의 페이소스를 노래한 이돈형 첫 시집의 상재는, 그 점에서 우리 시단의 한 활력이 되는 동시에, 그가 다음에 노래해 갈 두 번째 시집에서의 돌올한 형이상학에 중요한 발원처이자 귀속처가 되어줄 것이다. 이렇게 첫 삽을 견고하게 뜬 시인의 언어와 사유와 감각이 차차 성숙의 진경進境을 열어가기를 바라는 마음 크다.